Conoce a Strawberry Shortcake

Ilustrado por Lisa Workman

Grosset & Dunlap

Originally published in English as *Meet Strawberry Shortcake*
Translated by Nuria Molinero

Library of Congress Control Number: 2005001603

ISBN 0-448-43958-1   10 9 8 7 6 5 4 3 2 1

Es un día especial en Fresilandia: ¡El primer cumpleaños de Manzanita!

—¡Feliz cumpleaños, Manzanita! —dijo Strawberry Shortcake—. Organizaremos una fiesta para celebrarla. ¡Pero primero tenemos que ir de compras!

Strawberry hizo una lista:
GALLETAS
FRUTA
JUGO
GORROS DE FIESTA
TORTA DE CUMPLEAÑOS

Strawberry Shortcake tomó su mapa. —Tenemos
que ir por el Camino de las Bayas —dijo—. Parece que
tendremos que viajar a tierras muy, muy interesantes
para encontrar todo lo que necesitamos.

—¿Hay algún lugar en tu mapa donde la gente maúlle y
ronronee? —preguntó Flancita.

—Será más divertido si conocemos a gente diferente
—respondió Strawberry—. ¡El mundo sería un lugar muy,
muy aburrido si todos fuéramos iguales!

Enseguida llegaron a un pueblo que olía ¡a galletas recién horneadas!

—¡Qué rico! —gritó Manzanita.

—Este lugar debe ser Rincón de las Galletas —dijo Strawberry Shortcake—. ¡Vaya, aquí debería ser muy, muy fácil encontrar galletas!

En ese momento, la puerta de una panadería se abrió y una niña salió con un carrito lleno de galletas. Muffin se puso tan nervioso que tropezó con la niña. ¡Las galletas salieron volando por todas partes!

—¡Ooh, los almendrados! —exclamó la niña. Parecía muy disgustada.

—Lo siento —dijo Strawberry Shortcake—. Muffin se pone muy nervioso cuando conoce a alguien.

—¡Guau! —ladró Muffin y le lamió la cara a la niña. Ella se echó a reír.

—No importa —dijo—. Hola, me llamo Ginger.

Ginger los llevó dentro de su panadería. ¡Allí vieron una máquina increíble para hacer galletas! Con ella hicieron un almendrado de atún para Flancita.

—¿Una galleta de atún? Bueno, esto sí que es diferente —dijo Strawberry Shortcake.

—Diferente y delicioso —ronroneó la gatita.

Rápidamente las niñas cargaron las galletas en la carreta rosa. Strawberry Shortcake estaba muy, muy feliz. No sólo tenía las galletas, ¡también una nueva amiga!

Se despidió de Ginger y miró el mapa. —Ahora tenemos que buscar fruta y jugo. Próxima parada... ¡Huerto de Azahares!

En Huerto de Azahares vieron a una niña recogiendo
fruta en un huerto.

—Hola, soy Strawberry Shortcake —dijo Strawberry a
la niña—, y ésta es mi hermana, Manzanita.

—Yo soy Naranjita —dijo la niña.

Strawberry le contó a Naranjita que preparaban una fiesta.

—Por favor, tomen tanto jugo y fruta como quieran. ¡Tengo de sobra! —dijo Naranjita riendo.

Strawberry Shortcake dio las gracias a su nueva amiga y volvieron al Camino de las Bayas.

La siguiente ciudad estaba hecha de tortas gigantes.

—¡No me extraña que se llame Tortavilla! —exclamó
Strawberry Shortcake.

Entraron en una tienda llamada Pastelería Dulce Angelito.

—Hola, soy Dulce Angelito —dijo la niña detrás del mostrador—. ¿En qué puedo ayudarlos?

Les mostró fotografías con tortas de todas clases. Manzanita dejó escapar un suspiro de admiración cuando vio una torta cubierta de manzanas.

—¡Esa es la que queremos! —dijo Strawberry—. La necesitamos para esta tarde.

—Eso es imposible —dijo Dulce Angelito—. Es demasiado trabajo para una sola persona.

—¿Y si trabajamos todos juntos? —sugirió Strawberry Shortcake—. Si tú consigues la receta, yo te ayudaré a juntar los ingredientes. Yo los pondré en un recipiente, Manzanita los revolverá, Flancita puede limpiar... ¡y Muffin puede descansar!

Finalmente, la torta estuvo terminada. —Trabajamos muchísimo —dijo Strawberry Shortcake—, ¡pero como lo hicimos juntos fue muy divertido!

Flancita lamió el mostrador hasta dejarlo bien limpio. —Yo no diría tanto.

—Solamente una gatita muy, muy especial podría haber ayudado tanto como tú —dijo Dulce Angelito.

Flancita ronroneó.

La siguiente parada era Sombreros de Arriba. Pero después de caminar un rato, Strawberry Shortcake miró el mapa y suspiró.

—Estamos muy, muy perdidos.

En ese momento, un pony llegó trotando. —Yo, Honey, soy experta en dar indicaciones. ¿Intentaron ir hacia el norte? ¿Y hacia el sur? ¿Y hacia el este? ¿Qué tal hacia el oeste? Después también está el noreste y...

—¿Nos puedes decir cómo se va a Sombreros de Arriba? —preguntó Strawberry Shortcake.

—Es uno de mis lugares favoritos, como Abrigos de Arriba, pero menos poblado. ¡Yo los llevaré! —respondió el pony parlanchín.

¡Muy pronto estuvieron aún más perdidos en un bosque oscuro y temible!

De repente, Muffin empezó a ladrar y salió corriendo.

—¡Muffin, espera! —gritó Strawberry y salió corriendo detrás.

Muffin atravesó una puerta cubierta de hojas, ¡y aterrizó en los brazos de un extraño!

—Hola, ¿quién eres tú? —preguntó Strawberry Shortcake al niño.
—Me llamo Huckleberry, pero puedes llamarme Huck —dijo el
niño—. Y esta es mi fortaleza, en el corazón de Viña Huckleberry
—añadió con orgullo.

Strawberry Shortcake miró a su alrededor. —Tienes un telescopio muy, muy bueno —dijo.

—¿Quieres echar un vistazo? —preguntó Huck.

Strawberry miró por el cristal. Vio un río de chocolate y Huck se ofreció a llevarla hasta allá.

Los amigos se abrieron paso por el espeso bosque.

—¡Casi me olvido! —exclamó Strawberry Shortcake—. ¡Debemos llegar a Sombreros de Arriba para buscar gorritos de fiesta!

—Oh, ese lugar queda a muchas millas de aquí —dijo Huck—, pero ¿qué te parece esto?

En un momento, Huck retorció las vides con uvas y formó lindos gorritos.

Finalmente llegaron a Río Chocoloco. Muffin estaba tan emocionado que corrió en círculos y saltó una y otra vez sobre la carreta. En uno de sus saltos golpeó el asa de la carreta, que se soltó de la mano de Strawberry. La carreta salió rodando hacia el río... ¡con Manzanita dentro!

—¡Oh, no! —gritó Manzanita, alarmada.

Strawberry saltó sobre el lomo de Honey. —¡Adelante! —gritó.

Flancita se subió a un árbol y también se dejó caer sobre el lomo del pony.

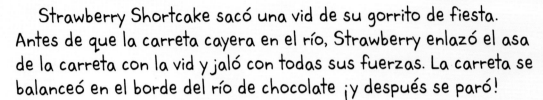

Strawberry Shortcake sacó una vid de su gorrito de fiesta.
Antes de que la carreta cayera en el río, Strawberry enlazó el asa
de la carreta con la vid y jaló con todas sus fuerzas. La carreta se
balanceó en el borde del río de chocolate ¡y después se paró!

Strawberry Shortcake salió corriendo y tomó a Manzanita en sus brazos. El bebé estaba a salvo, ¡pero la carreta siguió rodando! Los artículos para la fiesta salieron volando. Entonces, la carreta vacía cayó al río y se alejó flotando.

—Bueno, Manzanita y los artículos para la fiesta están a salvo. Pero, ¿cómo volveremos a casa sin la carreta? —dijo Strawberry Shortcake.

—Yo sé la manera —dijo Huck. Les contó su plan y todos se pusieron a trabajar.

—No hay nada mejor que una balsa para viajar por un río —dijo Strawberry— y no hay nada mejor que trabajar unidos para terminar una tarea.

—Nunca me había dado cuenta de lo divertido que es trabajar con otras personas —añadió Huck.

—Yo tampoco —dijo Flancita, sorprendida.

Se subieron a la balsa y dijeron adiós con la mano.

De vuelta en Fresilandia, Strawberry Shortcake tenía todo lo necesario para la fiesta... ¡excepto invitados! Resolvió el problema rápidamente invitando a todos sus nuevos amigos.

Huckleberry, Honey, Naranjita, Dulce Angelito y Ginger vinieron a desearle a Manzanita— Un muy, muy feliz cumpleaños.

Todos lo pasaron de maravilla, incluso Flancita. Ninguno de sus nuevos amigos tenía bigotes, pero no importaba.

—Realmente las fiestas son más divertidas cuando tienes invitados muy diferentes —admitió la gatita.

Strawberry Shortcake se echó a reír. —¡Flancita, estoy totalmenta de acuerdo!